OMA
Ansichten eines gereiften
FRAUENHERZENS

Klara ist mit den Neven am Ende. Der Alltag überfordert sie. In ihrer Not und Trauer über das eigene
Versagen wendet sie sich an ihre Oma. So kommt es
zum Dialog unterschiedlicher Generationen.

Karola Morning

OMA

Ansichten eines gereiften
FRAUENHERZENS

Bibliografische Information der Deutschen Nationalbibliothek
Die Deutsche Nationalbibliothek verzeichnet diese
Publikation in der Deutschen Nationalbibliografie;
detaillierte bibliografische Daten sind im Internet über
http://dnb.d-nb.de abrufbar.

© 2009 Karola Morning
Satz, Umschlaggestaltung, Herstellung und Verlag:
Books on Demand GmbH, Norderstedt
ISBN: 978-3-8370-5290-9

Inhalt

Erzählt wird das Gespräch eines älteren Mütterchens mit ihrer Enkelin Klara. Was diese Oma auszeichnet, ist ein tiefes Verständnis für das manchmal so geplagte Frauenherz. Sie scheint ein emotionales Gedächtnis zu haben, denn wenn sie erzählt, spricht sie über Ereignisse, die zwar der Vergangenheit angehören, aber ihr Gefühl ergreift sie so, als seien sie eben erst geschehen. Dieses Mütterchen ist eine Erdenfrau mit Leib und Seele. Sie hat *Ja* gesagt zum Lachen wie zum Weinen. Zur Gesundheit wie zur Krankheit. Zum Leben wie zum Tod.

DAS HAUS

Unternehmen wir einen Ausflug zu Omas Häuschen, weit weg von der sogenannten Zivilisation. Nur das rote Ziegeldach, die Haustür und Fenster sind noch zu erkennen. Die Mauern sind komplett mit Efeu zugewachsen. Es steht mitten im Wald auf einer kleinen Wiese. Ziege, Esel, Hahn und Hühner kommen abends in den Holzstall neben dem Haus. Ihr Schäferhund heißt Schandor und schläft nachts vor der Haustür. Ein kunstvoll angelegtes Gemüse- und Kräutergärtchen ist von Weidengeflecht umgeben, damit die Ziege die Pflanzen nicht abfrisst. Ein sich schlängelndes Weglein führt direkt zur Treppe vor die Haustür. Es ist so fest und sauber, dass die Schuhe nicht schmutzig werden. In Omas Nähe befindet sich ein alter Steinbruch, den sie einst täglich mit Esel und Karren aufsuchte, um kleine Steinchen zu sammeln. Die schlug sie mit einem Hämmerchen in die von Gras befreite Erde. Nach jedem

Regen kam eine neue Steinschicht und wurde so lange geklopft, bis der Weg trittfest war. Beidseitig ist er mit Blumen bepflanzt. Vom Gänseblümchen bis zum Klatschmohn wurde alles aus der Natur geholt und in Gruppen zusammengesetzt. Wer die dicke Eichentür des Hauses öffnet, sieht zwei große Steinwaschbecken mit Wasserpumpe. Eines für die Körperpflege, das andere für den Haushalt. Die Einrichtung besteht aus einem schwarzen Ofen, einem Holztisch mit vier Stühlen, Regalen mit Kochgeschirr, Holztellern und Küchenhandtüchern. Zwei offene Regale, die mit Holz befüllt sind, dienen als Raumteiler. Dahinter befinden sich Omas Bett, ein großer Kleiderschrank in Lebensgröße und ein kleiner Nachttisch, auf dem Schreibzeug und die Brille liegen.

An jedem Fenster hängen gehäkelte, weiße Baumwollgardinen. Mitten in der Wohnstube, auf dem Holzfußboden, liegt ein Schaffell und wer es anhebt, sieht eine Luke, die in den Keller führt. Regale mit Werkzeug, Gartengeräten und Lebensmittel sind da unten zu sehen. Die Wände sind aus Stein und der Boden feste Erde. Auf zwei großen Steinplatten stehen Futtersäcke für die Tiere. Unterhalb der Luke kann die Leiter an einer Metallschienenaufhängung hin- und hergeschoben werden. Ein Brett in Leitergröße, fein geschliffen und poliert, steht an eine Wand gelehnt.

Der Giebel des Häuschens ist als Gästelager mit Matratzen, Decken, Kopfkissen, kniehohen Schränkchen und Kleiderhaken in der Spitze des Daches eingerichtet. Kleine Fenster an jeder Schräge bieten Licht und frische Luft. Die vom Wohnraum zu verriegelnde Dachluke beherbergt eine Stiege, die beim Schließen verschwindet. Bis auf eine kleine Öffnung zum Einstieg, ist das Schlafgemach ringsherum mit einem niedrigen Holzgeländer versehen, damit niemand im Schlaf herunterfallen kann. Gelegentlich sind bei Oma Gäste untergebracht, die dringend Erholung brauchen. Wer zu ihr will, der muss es wirklich wollen, denn vom großen Parkplatz bis zu ihrem Häuschen sind gute vier Stunden Fußmarsch zu bewältigen.

DER BRIEF

Wie jeden Mittwoch um 5.00 Uhr früh, spannt Oma den Esel vor den Karren, um die Kräutertees, Marmeladen und selbst angefertigten Knöpfe auf dem Wochenmarkt zu verkaufen. Sie ruft ihren Hund, schickt ihn voraus und kutschiert ihm hinterher. An diesem Tag besorgt sie auch Vorräte, hält eins, zwei, drei … Schwätzchen mit den Dorfbewohnern und holt nach Marktschluss noch die Post ab, die für sie gelagert wird. Es ist ein Brief von Klara dabei, einer ihrer Enkelinnen, die ihr ganz besonders ans Herz gewachsen ist, weil sie ihr ähnelt, wie ein Ei dem anderen. Weihnachten und Ostern kam immer Post von Klara, aber jetzt, mitten im Jahr? Hastig wird der Brief geöffnet.

Liebe Oma,

Du hast mir einmal gesagt, ich könne mit allem zu Dir kommen. Ich schreibe Dir, um einen Rat zu erbitten, wenn Du hoffentlich einen hast. In letzter Zeit bin ich so müde. Die Hausarbeit wird mit Widerwillen erledigt. Die Kinder nerven mich mit ihrer bloßen Anwesenheit und meine Tränen kann ich kaum zurückhalten. Wann ich das letzte Mal in die Schulhefte der Kinder gesehen habe, weiß ich gar nicht mehr. Das Essen schmeckt mir nicht und die Post bleibt tagelang ungeöffnet liegen. Mein Mann kann Haare an Frauenbeinen nicht leiden und meine können schon fast mit einem Affen konkurrieren. Ich will doch gar nicht so sein. Oma, wenn ich nur wüsste, was mit mir los ist. Das Schlimmste kommt erst noch. Ich fühle keine Liebe mehr für meine Familie und dafür schäme ich mich so. Was mich glücklich macht, habe ich vergessen und tief in mir scheint etwas Zerstörerisches zu herrschen. Statt Wasser kippe ich literweise Kaffee in meinen Körper und rauche eine Zigarette nach der anderen. Ich meide alles, was gesund sein könnte und abends, wenn alle schlafen, trinke ich ein, zwei Gläschen Wein. NEIN, Oma, es sind viel mehr. Ich bin völlig am Ende und erwarte sehnlich Deine Antwort.

In Liebe
Deine Klara

Beim Lesen dieser Zeilen schlägt das alte, füh-
lende Frauenherz immer stärker. Mit fast zit-
ternden Händen kauft sie schnell Schreibmate-
rial und einen Briefumschlag, setzt sich auf
ihren Karren und schreibt:

Liebe Klara,

Ich muss es kurz machen. In zehn Minuten
geht hier die Post raus. In Gedanken umfasse
ich Deine Schultern und schüttle Dich so richtig durch, damit Du mich ernst nimmst.

SOFORT zu mir, Klara, SOFORT! Deine
Seele ist in Lebensgefahr. Ich weiß, wovon ich
spreche.

Warnung: Dein Verstand wird Dir sagen, das
geht jetzt nicht, Du kannst die Familie nicht
alleine lassen, für den Fußmarsch zu mir hast
Du sowieso nicht die richtigen Schuhe, was
denken die Nachbarn, alle werden Dich furcht-
bar vermissen…

Bring diesen klugen Verstand zum Schweigen.
Deine Kinder sind selbstständig genug. Wenn

nicht, müssen Mami, Dein Mann oder Nachbarn nach ihnen sehen. Wenn Du keine Wahl hast, kannst Du mich benutzen. Du müsstest unbedingt nach mir sehen. Ich bin schließlich schon alt und Du hast schon lange nichts mehr von mir gehört. Klara, lass Dir etwas einfallen, geh sofort weg von dort und komm hierher. Vertrau mir, es wird alles wieder gut.

In Liebe
Oma

Der Brief wird rasch zugeklebt und auf der kleinen Post im Dorf abgegeben. Karre und Esel warten vor der Tür, der Schäferhund springt Oma lebhaft an. »Schandor, lauf nach Hause«, ruft sie und kutschiert ihm hinterher, nachdenklich und traurig.

Wie gut sie ihre Enkelin doch verstehen kann. Ja, schonungslos würde sie Klara aufklären über die Lügen des Lebens oder des Kollektivs und über das wahre Frausein. Hatte sie sich überhaupt in der Post verabschiedet? War der Weg zu ihrem geliebten Häuschen schon immer *so* lang? Endlich zu Hause angekommen, füllt sie die Vorräte auf, gibt den Tieren zu fressen, reibt den Esel ab und isst noch ein wenig Obst. Sie legt sich in ihr Bett und sagt ganz laut: »Liebe strömt in Klaras Herz und zersetzt den Seelenschmerz.« Oma wiederholt diesen Satz so oft, bis sie Beruhigung und Sorglosigkeit fühlt. Dann schläft sie friedlich ein.

DIE SORGE

Wie jeden Morgen steht Oma auf, wenn es hell wird. Der ganze Körper wird mit einer Bürste kräftig massiert, mit eiskaltem Wasser abgewaschen, getrocknet und mit selbst gemischtem Duftöl eingerieben. Dann schlüpft sie in Leibwäsche und Sommerkleid. Sie schüttelt das Bett auf und öffnet die Fenster, stellt sich vor den großen Spiegel und kämmt ihr dickes Haar, das ihr bis zur Taille reicht und einfach nicht grau werden will. Heute flicht sie sich einen Zopf. Oma geht hinaus, melkt die Ziege und lässt die Tiere ins Freie. Der Wassertrog hinter dem Stall hat eine Pumpe, die jeden Tag so lange betätigt werden muss, bis die Steintränke voll ist. In den Sommermonaten, wenn im Garten geerntet werden kann, gibt es viel Arbeit. Es muss eingekocht werden, damit es für den Winter reicht. Nicht zu vergessen die Marmeladen für den Wochenmarkt. Auch Holz muss sie sammeln und stapeln. Das Leben hier draußen ist nicht gerade ein Zuckerschlecken, aber für Oma gibt es nichts Schöneres. Ihre fleißigen Hände sind rund um die Uhr am Werk, aber in absoluter Ruhe, Gelassenheit und Konzentration.

Ob Klara kommt? Wie geht es ihr wohl jetzt? Weint sie gerade?

Oh, wollte sich da soeben doch eine Sorge in Omas Herz einschleichen? In Gedanken spricht sie mit diesem unangenehmen Gefühl: »Ich habe alles getan, um Klara zu helfen. Was jetzt geschieht, liegt nicht in meiner Hand.« – »Du hättest zu ihr fahren sollen«, antwortet die Sorge. – »Frauengespräche finden immer in der Stille statt«, gab sie zurück, »wenn sie Früchte tragen sollen, und nicht etwa im Familientreiben, ein Auge bei den Kindern und ein Auge bei den Wäscheklammern. Außerdem ist kein Geld da, die Tiere versorgen zu lassen, Gott sei Dank. Und jetzt, liebe Sorge, verzieh dich und geh, von wo du gekommen bist.« – Eins zu null für mich. Heute kann nichts mehr schiefgehen – denkt Oma und ist sofort wieder glücklich und zuversichtlich.

DER BESUCH

Die Tage vergehen, und es ist schon wieder Dienstag. Oma brütet über ihrem Einkaufszettel. Es darf nichts vergessen werden. Außerdem will sie noch an Klara schreiben. Plötzlich bellt Schandor, und eine Stimme ruft: »Oma!« Klara! Oh mein Gott, sie ist da. Oma reißt die Tür auf und rennt los, mit offenen Armen. Völlig außer Atem umschlingt sie ihre Enkelin. So schnell ist sie schon lange nicht mehr geflitzt. »Klara, du bist da, du hast es geschafft. Ich bin soo stolz auf dich!« Arm in Arm gehen die beiden Frauen ins angenehm kühle Häuschen. »Setz dich, mein Kind, du bist doch bestimmt ganz müde.« – »Nein, im Gegenteil. Ich würde gern meine Tasche hochbringen, wenn du nichts dagegen hast.« – »Wie sollte ich? Hier hast du auch noch die Bettwäsche, Klara.« Während Klara sich einrichtet und die weiße Leinenwäsche aufzieht, deckt Oma den Tisch, auf den gerade die Sonnenstrahlen fallen. Frisch gebackenes Brot, Ziegenmilch, Butter, Käse und Erdbeeren werden aufgetragen. Sie geht in den Garten und schneidet zur Feier des Tages einen schönen Blumenstrauß. Als sie ins Haus zurückkehrt, sitzt Klara schon am Tisch. »Greif zu, mein Kind!« – »Was für schöne Blumen, und wie die duften!« – »Ja, Klara, heute duften sie für uns beide ganz besonders. Es ist immer eine große Sache, wenn Frauen zusammentreffen, um Gedanken auszutauschen – richtige Gedanken, meine ich.« – »Wir lassen also Wetter, Strickmuster und Kochrezepte weg?« – »Worauf du dich verlassen kannst. Aber sag mir, wie geht es dir jetzt?« – »Aufgeregt und erleichtert zugleich, weil ich mit dir vertraut sprechen kann, ohne dass es gleich Folgen hat.« – »Ohne Maske, so richtig ehrlich?« – »Ja! Sag mal, Oma, du trägst schon lange keine Maske mehr, stimmt's?« – »Schon viele, viele Jahre.« – »Warum kann ich mit meiner eigenen Mutter nicht so sprechen wie mit dir? Ich könnte ihr nie erzählen, was ich dir geschrieben habe.« – »Das ist vollkommen normal, weil sie einfach deine Mutter ist. Sie liebt dich über alles, will dich nicht verletzen und steht unter dem Druck, dich zu leiten, egal wie alt du bist. Sie will nichts falsch machen, und das zieht unbewusst manchmal Unehrlichkeit nach sich, und das fühlst du. Sie würde nach tröstenden Worten suchen, die dich ein wenig in Watte packen und den Kummer vergessen lassen. Und siehst du, für solche Fälle gibt es Omas. Deine Mutter konnte mit mir genauso wenig sprechen, wie ich mit meiner eigenen. Mutterherzen sind nicht dafür geschaffen, Kummer und Leid ihrer Kinder mit ansehen zu müssen. Sie sind doch so weich und sensibel. Bei Omas und ihren Enkeln ist das etwas völlig anderes. Sie können manchmal eisenhart sein, wenn es die Situation erfordert.« – »Wie meinst du das?« – »Nehmen wir an, dein Junge würde ständig gehänselt. Du kannst das als Mutter fast nicht ertragen und bist versucht, ihm dieses Problem so schnell wie möglich abzunehmen. Vielleicht würdest du zu den Eltern gehen oder eine andere friedliche Lösung suchen. Eine Oma würde vielleicht heimlich, still und leise mit ihm trainieren, wie man am effektivsten ein blaues Auge setzt, und sein Selbstvertrauen derart stärken, dass es niemand mehr wagen würde.« – »Jetzt fordere ich dich heraus, Oma.« – »Da bin ich gespannt.« – »Stell dir einmal das Allerschlimmste vor. Ein jugendliches Kind würde Selbstmordgedanken hegen und sie auch noch aussprechen. Jetzt erzähl mir mal bitteschön, was eine Oma in solch einem Falle tun würde.« Oma steht auf und nimmt Klara in den Arm. »Es handelt sich um deine Stieftochter, stimmt's?« – »Woher weißt du das?« – »Ich höre es am Unterton, mein Kind.« Klara fängt an zu weinen. »Sollen wir das Thema beenden, Klara?« – » Nein, Oma, ich will es von dir wissen. Was würdest du tun?« – »Meine Antwort wird dir nicht gefallen. Vielleicht streue ich noch Salz in deine Wunden.« – »Egal, sag es einfach.«

Das alte Mütterchen löst sich von der Enkelin, geht langsam auf und ab und überlegt eine Weile. »Die Gedanken einer Mutter würden Tag und Nacht um dieses Kind kreisen. Die Liebe zu ihm würde so oft wie möglich beteuert. Die Mutter fühlt sich schuldig dafür, dass sie das Kind in die Welt gesetzt hat, weil es jetzt so leidet. Das Mutterherz ist nur noch von Angst besetzt. Es glaubt, keinen Fehler machen zu dürfen, und setzt die Liebesmaske auf. Niemals würde es sich getrauen, dem Kind zu sagen, dass es in manchen Momenten nur noch

Wut und Hass empfindet, wegen der furchtbaren Kontrolle und der Macht, die damit ausgeübt wird. Hat die Mutter lange genug gelitten und sich ihre Machtlosigkeit eingestanden, wird sie sich nach Hilfe umsehen. Nach sogenannter Fachkompetenz, die ihre ganze Seele, und die aller Familienmitglieder, auseinanderrupft, um eine Erklärung zu finden. Bleibt noch die Frage offen, wie bekommt sie das halbwüchsige Kind, das ja auch schon einen ausgeprägten Eigenwillen hat, dorthin? Auch erkennt die Mutter früher oder später, dass bei aller Aufmerksamkeit, die sie ihrem Sprössling entgegengebracht hat, alle anderen auf der Strecke geblieben sind. Das ist der Punkt, an dem es nur noch Vorwürfe regnet, und zwar von allen Seiten. Die Mutter ist jetzt außer Gefecht gesetzt. Schachmatt auf ganzer Linie.« Klara schluchzt immer noch. So viele Tränen hatten sich angestaut. »Und was würde nun eine Oma tun? Sag es mir. Achte nicht auf meine Tränen. Es tut jetzt nicht mehr weh. Im Gegenteil, es ist befreiend, so richtig zu heulen.« – »Für Omas allgemein kann ich nicht sprechen, Klara, ich kann dir nur sagen, was ich als Oma tun würde. Ich habe Verständnis für Menschen, die körperliche Schmerzen nicht mehr aushalten und deshalb ein Ende machen wollen. Aber es gibt viele, die einfach nur Ruhe haben möchten. Ruhe vor Entscheidungen. Ruhe vor dem Chaos des Lebens, das sie manchmal zu erdrücken scheint. Sie wünschen sich Ruhe vor lästigen Gedanken, Sorgen und unbequemen Mitmenschen. Gedankenleer zu sein oder sterben zu wollen, das ist ein himmelweiter Unterschied. Das gilt es erst einmal herauszufinden. Handelt es sich um das Bedürfnis nach Ruhe, kann man das angehen. Vollkommen abzuschalten ist heutzutage überall erlernbar. Würde aber dieses Kind dennoch ganz bewusst und in voller Absicht den Tod wählen, dann gäbe es einen Kampf mit mir.« – »Welchen Kampf?« – »Den Kampf um das Leben, der letzte und einzige Kampf. Proviant für ungefähr drei Tage und Nächte würde ich mir in eine Tasche packen, außerdem Hammer, Haken, Schere und einen Strick. Mit einer Hand nähme ich die Tasche, mit der anderen fasste ich das Kind am Genick und würde es auf den Dachboden schieben. Hinter mir die Tür verschließen und den Schlüssel in meinen Rock stecken. Etwa Folgendes hätte ich zu sagen, nein, wohl eher zu schreien: Du willst dieses Leben nicht? Also gut, dann werden wir uns nie wieder sehen, nie wieder in den Arm nehmen. Du kannst deine Eltern und Geschwister nicht mehr sprechen. Fühlen kannst du sie auch nicht. Vielleicht würdest du dich bald verlieben, aber nun könntest du diesen anderen Menschen nicht mehr sehen, nicht mehr fühlen, nicht mehr sprechen. Glaubst du, nach dem Tod ist alles Friede, Freude, Hochgenuss? Kam jemals ein Mensch zurück von dort und hat uns berichtet, wie es da drüben ist? Wenn es so toll sein soll, warum dürfen wir nicht jetzt schon dort sein? Vielleicht müssen wir drüben mit ganz anderen Dingen fertig werden, wer weiß das denn schon? Du willst dieses Leben nicht, weil es manchmal so schwierig ist? Du willst ein Dasein ohne Probleme und Herausforderungen? Willst du leben, ohne gefühlt zu haben, dass du etwas verändern kannst? Dass deine gesprochenen Worte Wirkung haben, dass deine Arme trösten können? Oder willst du nur so dahindämmern? Keine Aufgaben erfüllen, um später das Ergebnis anzuschauen und entweder zu sagen: Mist, das habe ich gründlich verpatzt, oder aber, jawohl, eins zu null für mich, das habe ich toll gemacht? – Niemals willst du Kriegerin sein an dieser manchmal so entsetzlichen Front? Niemals sagen können, jawohl, ich habe geweint, gelitten, gelacht, gehofft, geliebt, gehasst, gekämpft, verloren und gewonnen? All das willst du nicht? Entscheide dich *jetzt* – und wenn ich drei Tage hier mit dir sitze, raus kommst du hier nicht eher, bis du dich entschieden hast. Schreien kannst du auch, wenn du willst, weil mir egal ist, was die Nachbarn denken. Haken, Strick und alles, was du brauchst, habe ich dabei, hier hast du es. – Alles weitere Geschehen sähe ich in aller Ruhe, aber hochkonzentriert mit an. Im richtigen Moment wüsste ich einzugreifen.« – »Das kannst du doch nicht ernst meinen, Oma?« – »So wahr ich hier sitze, es ist mein Ernst, Klara. Wenn das Kind das Leben wählt, ist das dann nicht die richtige Geburt? Die Geburt, die *Ja* sagt zu der ganzen Malaise. Die Geburt, die *Ja* sagt zum Schicksal und ihm zuruft: Komm doch her, ich werde dich in den *Popo* treten bis zum letzten Atemzug? Die Geburt, die unsere Augen mit Stolz erfüllt, ein Mensch zu sein? Wäre ich tatsächlich genötigt einzugreifen, dann allerdings müsste dieses

Kind eingeliefert werden in eine Anstalt, auch gegen seinen Willen. Sorgen diesbezüglich würde ich in meinem Herzen nicht mehr dulden. Mitleid ebenfalls nicht, weil ich für das Leben gekämpft hätte, bis zum Schluss. Nach wie vor würde ich mich über einen Besuch freuen, oder selbst besuchen gehen, aber immer in dem Bewusstsein, heute lebt sie noch, ich will ihre Gegenwart genießen. Jetzt bist du entsetzt, nicht wahr, Klara? Aber das ist alles, was ich dazu zu sagen habe.« Eine ganze Weile schweigen die beiden Frauen. »Ja, ich bin tatsächlich entsetzt, aber nicht wegen deiner gesprochenen Worte, sondern weil ich sie als heilsam empfinde. Dafür schäme ich mich richtig.« – »Diese Worte sind einfach nicht süß genug für die heutige Zeit, stimmt's?« Klara muss laut loslachen. »Du hast den Nagel auf den Kopf getroffen.« – »Na, du lachst ja schon wieder, das ist gut, nein, sehr gut ist das. Sag mal, Klara, ich plappere einfach auf dich ein. Du sagst mir doch, wenn es dich nervt? Du weißt, schonungslos, ohne Maske.« Klara muss wieder lachen. »Nein, Oma, du nervst bestimmt nicht. Ich bin froh, dass du es so hart ausdrückst. Mach einfach weiter, wie dir der

Schnabel gewachsen ist.« – »Erzähl mal, wie hast du dich freigestrampelt?« – »Ich habe dich benutzt. Es fiel mir nichts anderes ein, da habe ich mir auch eine Maske aufgezogen und besorgte Enkelin gespielt. Niemand hat etwas gemerkt. Manchmal ist solch eine Maske ja notwendig.« – »Da hast du recht, mein Kind, noch ist es so. Aber wenn du einmal so alt bist wie ich, dann genießt du die Freiheit, in keinem Falle eine aufzusetzen.« – »Wie kann das sein? Das geht doch gar nicht.« – »Am widerlichsten empfand ich die Masken, die ich aufsetzte, wenn ich zu irgendwelchen Lehrern meiner Kinder in die Schule musste oder zum Bankdirektor. Das war so eklig. Die Bank lebte von den Krediten der Dorfbewohner, aber Mister Wunderbar kam sich so erhaben vor. Er so groß und ich so klein, als würde er gnädigerweise sein persönliches Eigentum verleihen. Und die Lehrer wollten insgeheim Achtung und Ehrerbietung, weil sie ja so wichtig waren und so fehlerlos, so gescheit und weise. Aber wie man Bücher einbindet, ein Fahrrad repariert, den Norden ohne Kompass ausfindig macht, das wurde den Kindern nicht beigebracht. Ein lebensnotwendiger Dreisatz wurde in Mathematik nicht behandelt. Indem sie mich zwangen, freundlich zu bleiben, brachten mich solche Masken fast an die Würgegrenze. Als die Kinder mich nicht mehr brauchten und unabhängig von deinem Großvater und mir waren, kam für mich die Zeit der absoluten Freiheit. Ich begehrte gar nichts mehr für mich. Das Geld für dieses kleine Häuschen hatte ich mir heimlich zusammengespart, indem ich putzen ging, in Zeiten, als Großvater arbeiten war. In dieser Zeit wurde mein Leitsatz: *Wer nichts für sich begehrt, wen oder was sollte er fürchten?* Auch ich wurde furchtlos meinen Mitmenschen gegenüber. Furchtlos vor den Gefühlen der anderen. Geliebt oder verachtet zu sein, zu besitzen oder nicht zu besitzen, zu leben oder zu sterben, Angenehmes oder Unangenehmes zu sagen, bequem oder unbequem zu sein. Eindruck hinterlassen zu müssen, das liegt schon viele, viele Jahre zurück. Gott sei Dank, das war ja so anstrengend.« – »Moment, Oma, das Haus hier hast du ja auch begehrt.« – »Kindchen, ich suchte einen Platz für mich, um das Familienhaus verlassen und den Kindern übergeben zu können. Für den Fall, dass ich steinalt werden sollte, wäre selbst eine kleine Mietwohnung den Kindern eines Tages teuer zu stehen gekommen. So aber wohne ich schuldenfrei und sorge für mich selbst. Jederzeit könnte hier jemand einziehen, und ich würde auf der Wiese oder im Stall schlafen, darauf kannst du dich verlassen. Ich liebe dieses kleine Haus, aber dass es zum wichtigsten Ding in meinem Dasein würde, ließe ich nicht zu. Nein, Klara, es ist ein segensreiches Gebäude, vielleicht hat es inzwischen sogar ein Seelchen, aber beherrschen dürfte es mich nicht.«

VOM LEUCHTEN

»Weißt du, was mich am meisten aufregt, Oma?
Das Spielzeugchaos der Kinder, die Wäscheberge und der Fluch.« – »Welcher Fluch
denn?« – »Du kannst dir nicht vorstellen, wie
schlimm das ist. Alles, wirklich alles, was ich
mit Liebe herrichte, wird im Nu wieder zerstört. Das lässt mich so verzweifeln, dass ich
glaube, ich sei in dieser Hinsicht mit einem
Fluch beladen.« Oma muss so lachen, dass ihr
Tränen aus den Augen fließen. »Oh, Klara, ich
erinnere mich, so als wäre es gestern gewesen.
Liebevoll räumte ich eines Morgens das Kinderzimmer auf. Spielzeug wurde sortiert, die
Bettchen frisch bezogen und an einen anderen
Platz geschoben. Ich wischte den Fußboden
und lüftete gründlich. Ein Werk von minde-
stens zwei Stunden hatte sich durch meine
Hände vollzogen. Die Kinder kamen vom Spie-
len zurück, liefen ins Zimmer und staunten.
Zufrieden schloss ich die Tür hinter mir und

begab mich an den Kochtopf. Dein Opa würde bald nach Hause kommen, und an diesem Tag sollte schon am Mittag gemeinsam gegessen werden. Nach einer Weile wollte ich mir erneut eine Herzensfreude verschaffen und sah ins Kinderzimmer. *Nichts* sah mehr so aus wie vorher. Aus den Bettlaken hatten sie sich Zelte gebaut. Ich schrie: ›Warum habt ihr das gemacht, bin ich denn euer Aschenputtel?‹ Tränen schossen mir aus den Augen, und ich lief ins Badezimmer, schloss mich ein, kniete mich auf den Fußboden und heulte, was das Zeug hielt. Die Kinder wollten auch hinein und ich rief: ›Verflixt noch mal, lasst mich fünf Minuten alleine!‹ Sekunden später klopfte es dann, und es wurde gefragt: ›Sind die fünf Minuten schon zu Ende, Mama?‹ Wie lange ich da so saß, weiß ich heute nicht mehr, aber an meine Gedanken erinnere ich mich genau: Alles, was ich anfasse, wird gleich wieder zerstört. Warum tue ich überhaupt noch irgendetwas? Das hat doch alles keinen Zweck. War es nötig, die Kinder so anzuschreien? Eine Rabenmutter bin ich auch noch. Klara, in solch niederschmetternden Momenten bekam ich in meinem Leben immer die Antworten, die mich erkennen ließen, warum manche Umstände sind, wie sie sind. Hätte ich diese Erkenntnisse irgendwo gelesen, wären sie schnell vergessen. Aber durchlebt, durchdacht, mit Tränen und allem, was dazugehört, vergaß ich sie nie mehr, und mein weiterer Lebensweg nahm entweder eine neue Richtung oder aber meine Einstellungen zu solchen Situationen haben sich gravierend geändert. Ich betrachtete das ganze Schlamassel sozusagen aus der Vogelperspektive, ohne zu urteilen natürlich. Ich versuchte, mir alles vorzustellen. Das Kinderzimmer, den Flur und auch mich selbst, wie ich so elendig da unten saß und heulte. In Gedanken sprach ich mit mir etwa so: ›Ruhig, Kleine, ganz ruhig, keinen Fußtritt, keinen Selbsthass. Sei ganz still.‹ Ich sprach so liebevoll mit mir, wie es nur möglich war, und zwar so, als redete eine große Mutter mit ihrer kleinen Tochter, um sie zu trösten. Dann fiel es mir wie Schuppen von den Augen. Ich hatte mit so viel Liebe und Hingabe in diesem Kinderzimmer gearbeitet, dass der Raum geradezu strahlte. Kleine Kinder haben ein besonderes Gespür für solche Orte. Nichts wie dorthin und sich wohl gefühlt. Erst wenn alles wohlgeordnet und rein ist, kommen einem die schöpferischen Ideen. Klara, wenn deine Küche so richtig sauber ist, fallen dir da nicht die besten Rezepte ein?« – »Doch, Oma, das stimmt.« – »Jetzt stell dir vor, eine andere Person hat diese Küche so hübsch gemacht. Sie leuchtet geradezu. Du gehst deinem Impuls nach, backst einen Kuchen, der Teig spritzt an die Kacheln und so weiter, und so weiter. Bald duftet dein Werk, und du weißt, es wird herrlich. Jetzt kommt die andere Person, schaut sich alles an und denkt: ›Warum tue ich überhaupt noch irgendetwas, hat doch alles keinen Zweck.‹ Auch ihr wäre jetzt bestimmt zum Heulen zumute, verstehst du, Klara? Nach dieser Erkenntnis erschien alles im anderen Licht, und mir wurde bewusst, was ich durch meine kleinen Händchen vollbracht hatte. Als dein Opa dann nach Hause kam und bemerkte, wie es denn hier aussähe, habe ich ihn einfach in den Arm genommen und ein Küsschen auf die Stirn gedrückt. Er wusste ja nicht, was ich wusste, und dabei beließ ich es auch. Wenn ich mir dann zum Beispiel einen Lesesessel so richtig liebevoll hergerichtet hatte, und der erste Besucher pflanzte sich da hinein, um das hübsche Kissen plattzusitzen, regte ich mich nicht mehr auf. Ich lachte vielmehr in mich hinein und dachte: ›Hast wohl ein bisschen zu viel geleuchtet.‹ Gegen Wäscheberge weiß ich keinen Rat, ebenso wenig gegen Spielzeugberge. Aber es ist gut, hier und da eine Taschenlampe griffbereit zu haben, damit man sich nachts bei Stromausfall nicht die Beine bricht. Weißt du, Klara, wenn ich ein Engel wäre und könnte durch Schlüssellöcher sehen, und alles wäre aufgeräumt, fast steril, ich glaube, dann würde ich einfach weiterfliegen. Könnte ich aber erkennen, hoppla, da liegen Kinderschuhe, Kekskrümel, und es würde gelacht, gesungen, gestritten, gemalt, gegessen … dann würde ich die anderen Engel rufen und sagen: ›Hey, hierher, da ist richtig was los, da tobt das Leben, nebenan braucht ihr gar nicht zu gucken, die sitzen regungslos vor dem Fernseher und sehen aus, als seien sie gar nicht mehr lebendig.‹« Die Frauen lachen aus Leibeskräften. »Du meinst also, Oma, du betrachtest dich so, als würdest du neben dir oder sonst wo stehen?« – »Natürlich, wer sollte wohl sonst lieb zu mir sein, wenn ich es am nötigsten habe? Oh Kindchen, ich kann ja deine Gedanken fast hören, so laut sind sie.

Nein, Klara, ich bin nicht verrückt, wenn ich mich beruhige, mich in den Arm nehme, mich tröste, mich vorwärts treibe, mich in die Disziplin nehme oder mir selbst liebevolle Mami bin. Darauf zu warten, dass jemand kommt, um mir zu geben, was ich am meisten brauche, habe ich schon in meiner Jugend aufgegeben. Da kommt niemand. Ach, und noch etwas. Wäre ich eine große Sportlerin, die sich, für alle hörbar, selbst anfeuert, hielte mich niemand für verrückt. Nein, man würde eher sagen: Die hat aber einen tollen Mentaltrainer.« – »Mensch Oma, wie einfach du alles erklärst!« – »Ach du meine Güte, die Butter ist schon geschmolzen, so lange haben wir schon gequatscht. Klara, bist du gar nicht müde?« – »Nein, Oma, ich will doch noch so viel wissen. Außerdem muss ich morgen wieder abreisen.« – »Was, nur so kurz? Das ist aber schade.« – »Ja, ich habe versprochen, wieder nach Hause zu kommen, sobald ich weiß, dass es dir gut geht. Meine Notlüge, du weißt doch.« – »Natürlich, trotzdem schade. Ich bringe schnell die Lebensmittel in den Keller. Möchtest du roten Traubensaft trinken? Ich habe ihn mit einer dicken Portion Zuversicht gemischt.« – »Ja, kann ich gebrauchen. Soll ich dir helfen?« – »Nein danke, ist nicht schwer.« Als Oma im Keller verschwindet, geht Klara an die Luke. »Wozu ist das Brett gut, Oma?« – »Manchmal muss ich einen großen Futtersack kaufen, für die Tiere. Dann lege ich das Brett gegen meinen Karren und lasse den Sack darauf herunterrutschen, danach lege ich es an den Eingang, und Schandor bekommt die Gurte um die Brust, die sich an dem Sack befinden. Er zieht den Sack über das Brett ins Haus. Dann kommt es an die Kellerleiter, und ich lasse den Futtersack hinunterrutschen bis auf den großen Stein.« – »Gute Idee, da muss man erst mal drauf kommen!« Die Frauen genießen den Saft. »Wie war es eigentlich vor deiner Abfahrt, hat alles geklappt?« – »Es geht so. Ich habe schnell geduscht, mich angezogen, Zähne geputzt, Kleidung für die Kinder hingelegt, bin schnell mit dem Hund rausgegangen, habe Brötchen geholt und geschmiert, und als die Kinder dann rausgelaufen sind, zur Schule, habe ich gewinkt, die Haustür geschlossen und erst mal richtig durchgeatmet.« Oma schweigt und freut sich heimlich, dass solche Zeiten für sie weit zurückliegen. Sie überlegt eine Weile und sagt: »Das hört sich aber schlimm an, darf ich es mal übersetzen?« – »Wie meinst du das?« – »Etwa so: Heute habe ich meinen Körper gereinigt und die Zähne geputzt, zum Wohlgeruch für alle, die mir begegnen würden. Ich schlüpfte in saubere, gepflegte Frauenkleidung, die den Körper warm hält. Den Kindern legte ich Wäsche bereit, sauber, bequem und dem Wetter entsprechend. Den Hund führte ich aus, sodass er Darm und Blase entleeren konnte, Erleichterung und Zufriedenheit habe ich dem Tier verschafft. In der Bäckerei wünschte ich allen Anwesenden einen guten Morgen und meinte es auch so. Den Kindern habe ich den Proviant für die Schulpause zubereitet. Sie konnten damit ihren Hunger stillen und ihren kleinen Körpern Kraft geben. Beim Abschied winkte ich und gab ihnen das Gefühl, in Freude zurückerwartet zu sein.« – »Mensch Oma, das hört sich ja an, als hätte ich da etwas Tolles vollbracht.« – »Das hast du auch, es war dir nur nicht bewusst.«

DIE ZEIT

»Kanntest du damals auch das Gefühl, für gar nichts Zeit zu haben? Ständig zu glauben, das Leben sei ein einziges Gehetze?« – »Ja, Klara, das Gefühl ist mir sehr vertraut gewesen. Gott sei Dank ist das schon lange, lange her. Ungefähr ein halbes Jahr steckte ich darin fest. Völlig gefangen in diesem Stress, begleitete mich ständig das Gefühl, nichts richtig zu machen. Das ging sogar so weit, dass ich eines Tages überhaupt nichts mehr machen wollte, weil es, so dachte ich, ja doch keinen Sinn hatte. Die Geschicklichkeit meiner Hände hatte ich schon längst eingebüßt. Die angefangenen Werke wurden ja sowieso nicht fertig. Das wusste ich schon immer vorher. Warum sollte ich Stoff für ein Kleid zuschneiden, wenn ich den Tisch gleich wieder abräumen musste, um Essen aufzutragen? Die fast vertrockneten Blumen ödeten mich damals an, weil sie geradezu forderten, von mir gegossen zu werden. Überall sah ich, wie es *nicht* sein sollte. In dieser schweren Zeit war ich wohl gar nicht auf der Erde. Im täglichen Einerlei arbeitete nur mein Körper als seelenlose Hülle. Ich war blass, und dass etwas nicht stimmte, musste man mir irgendwie angesehen haben, denn von überall regnete es weise Ratschläge, die ich überhaupt nicht gebrauchen konnte. Der Möglichkeiten gab es ja so viele: Endlich das Delegieren lernen, Nein sagen, positiv denken, Urlaub machen – ohne Geld, mit Kind und Kegel –, Sport treiben, meditieren oder Johanniskraut schlucken, damit ich die Umstände hoffentlich bald erträglich fände, die mir widerlich erschienen. Für das Einfachste, für mich aber Unmöglichste, hatte ich gar keine Zeit, nämlich einfach abzuschalten. Eines Morgens, es waren gerade Ferien, saßen dein Großvater und unsere Kinder, wie viel zu oft – das war natürlich, so dachte ich, ebenfalls mein persönliches Versagen – vor dem Fernseher. Leere Chipstüten lagen auf dem Tisch, und ich wollte nur noch eins, und zwar wieder ins Bett, um nichts mehr sehen zu müssen. Auf dem selbigen lag ein Riesenhaufen Bügelwäsche. Ich konnte mich früher nicht entscheiden, ihn entweder runterzuschmeißen oder mich obendrauf zu legen. Jetzt beherrschte mich nur noch ein Gedanke: Raus hier, und bloß nicht wiederkommen. Ich lief in den nahe gelegenen Wald. Übrigens dieses Mal ohne Hund, denn auch er war mir zuwider geworden und gehorchte mir nicht, sobald er merkte, dass ich schwach war. Ich setzte mich an einen dicken Baum, um wieder mal hemmungslos zu heulen. Nach einer Weile hatte ich mich dann wieder beruhigt und wollte gerade gehen, als ich fühlte, dass ich zurückgehalten wurde. Ich weiß nicht, was es war, Klara, das muss ich auch nicht wissen. Ich blieb also sitzen und überlegte. Wieder sozusagen aus der Vogelperspektive. Wenn ich ein ganz dicker, alter, weiser Baum wäre und sprechen könnte. Wenn an meiner Wurzel ein solch trauriges Frauchen säße, ließe ich es einfach so wieder nach Hause gehen? Nein, das würde ich nicht übers Herz bringen. Ich müsste mit ihm sprechen, etwa so: ›Du da unten, kleines Frauchen, sei ganz leise. Ruhe aus an meiner rauen Rinde, ich muss dir etwas sagen. Viele Menschen gehen an mir vorbei. Einer ist ruhig und gelassen, der andere beeilt sich. Die Uhrzeiger drehen sich aber für beide gleich schnell oder gleich langsam. Einer wünscht sich eine Stunde zusätzlich, der andere langweilt sich. Wieder drehen sich die Zeiger für beide gleich. Die Zeit scheint stillzustehen, wenn ein freudiges Ereignis erwartet wird, so wie euer Weihnachtsfest oder die Geburt eines Kindes. Für ein spielendes Kind, das um eine bestimmte Stunde zu Hause sein muss, vergeht die Zeit wie im Fluge. Wieder drehen sich die Uhrzeiger für alle gleich. Kannst du verstehen, kleine Frau, dass das Gefühl, keine Zeit zu haben, ein Geisteszustand ist? Eure Uhr ist ein nützliches Ding, aber nur in weiser Anwendung, sonst kann sie dir schaden. Dieser Zustand aber ist völlig normal, denn der Geist ist überfordert und müde geworden. Ständig muss er hin und her pendeln zwischen Zukunft, Phantasie, Gegenwart, Traum, Vergangenheit … Nirgendwo darf er so lange verweilen, bis er ein schönes Gefühl entstehen lassen kann, und jetzt ist er müde und empfindet keine Freude mehr. Der Geist, dein Lebensgeist, möchte aber bei dir sein, in deinem Leibe und er möchte *erleben*. Er liebt dich doch über alles, pumpt dein Blut durch die Adern, atmet dich, lässt dein Herzchen schlagen und weckt dich jeden Morgen. Wo, glaubst du wohl, möchte er gern sein, um zu erleben? In dem, was schon vorbei ist? In dem, was noch sein könnte? Im Hier und Jetzt, höre ich dich denken, kleine Frau. Genauso ist es. In der Gegenwart. Der müde Geisteszustand ist dein persönlicher Wegweiser für einen neuen Lebensabschnitt. Denke über meine gesprochenen Worte bitte ein wenig nach. Steht in euren Menschenbüchern, dass es verboten ist, in Frühling, Sommer, Herbst und Winter zu denken? Sind denn die Uhrzeiger für dich *so* wichtig?‹ Klara, das war eine der größten Erkenntnisse meines Lebens im Umgang mit der Zeit. Als ich zurückkam, war ich völlig verändert. Ich hängte ein Küchenhandtuch über die Uhr, stellte den Wecker, mit der Rückseite zu mir. Er sollte klingeln, wenn es Zeit wäre, mit dem Kochen anzufangen. Ich fühlte, dass es mich wirklich gab, ja, dass ich existierte, dass ich etwas bewirkte, dass es meine Hände waren, die den Tisch deckten, und ich war nur noch glücklich. Instinktiv wusste ich, dass diese Erkenntnis nicht für jeden gut ist. Unsere Kinder waren damals in der Pubertät und in dem Alter, ein wenig über ihren Berufswunsch nachzudenken. Und warum sollte sich ein Teenager eine Lehrstelle suchen, wenn er sich nur um heute, hier und jetzt zu kümmern hat. Also behielt ich es für mich. Dem Wäscheberg auf meinem Bett gab ich einen Tritt, legte ein großes Laken darüber und sagte in Gedanken: Jetzt nicht. Bald darauf schaute ich immer seltener auf Uhrzeiger. Ich hatte überhaupt kein Interesse mehr an diesen Dingern. Klara, wenn solch ein Umdenken stattgefunden hat, wirst du von der Prinzessin zur Königin, glaub mir. Du hast dann, wo du dich auch bewegst, einen so beruhigenden Einfluss, dass du es fühlen kannst. Der Mensch, mit dem du gerade sprichst, ist dann für dich der wichtigste. Der Brief, den du gerade schreibst, ist der wichtigste. Ja, die Toilette, die du gerade putzt, ist dann für dich die wichtigste. Und wenn du gestört wirst, ist die Störung gerade die wichtigste. Ich vermute, mein Kind, dass der Zeitpunkt, dies einzusehen, auch für dich gekommen ist.« – »Oma, glaubst du, ich könnte auch aus der Vogelperspektive sehen?« – »Hast du schon einmal gespielt, du seiest eine angestellte Putzfrau in deinem Zuhause, und es sei gar nicht dein Haus?« – »Nein, Putzfrau nicht, aber als mir die Hausaufgabenbetreuung der

Kinder auf die Nerven ging und sie nicht wussten, wie bestimmte Aufgaben zu berechnen waren, habe ich überlegt, wie es wohl eine Lehrerin erklären würde.« – »Siehst du, in dem Moment hast du es schon getan. Und, hat es geklappt« – »Prima hat es funktioniert!« – »Das ist schon alles, jeder Mensch hat die Gabe in sich, wenn er sich nur vorstellt, was würde ich einem Freund antworten, wenn er meine Probleme hätte?« – »Toll, Oma, das ist ja wie Urlaub von den eigenen Angelegenheiten!« – »Jetzt hast du den Nagel auf den Kopf getroffen.« Wieder lachen die Frauen und sind sehr glücklich. »Als ich noch klein war und wir deinen Geburtstag feierten, fragte die Nachbarin, wie alt du jetzt geworden bist. Du hast gesagt: ›Achtundvierzig Frühlinge jung‹. Die hat vielleicht komisch geguckt. War das der Grund für deine seltsame Antwort?« »Ja, genau so war es. Meine Zunge war schneller als mein Kopf, und am liebsten hätte ich sie mir abgebissen. Niemand wusste doch, was in mir vorging. Niemand wusste, wie glücklich ich war, kein toter Fisch mehr zu sein.« – »Wieso toter Fisch?« – »Jemand hat einmal gesagt: Nur tote Fische schwimmen mit dem Strom, die anderen finden die Quelle. Dieser Jemand hatte verflixt recht. Der Frühling wurde für mich die Zeit der Taten, der Sommer die Zeit des Genießens und der Geselligkeit, aber ebenfalls arbeitsreich und fleißig. Im Herbst habe ich das Haus gründlich geputzt und Unbrauchbares weggeworfen. Draußen war es ja genauso. Die Blätter flogen, als würde der Wald gefegt. Der Winter war für mich die Zeit der Betrachtung und Besinnlichkeit, alles ging dann viel langsamer. Wann immer es möglich war, ruhte ich mich aus. Neue Ziele für den Frühling wurden hier und da in Betracht gezogen, kurz entschieden, und dann wurde wieder ins Hier und Jetzt geschlüpft. Dieses Leben hatte solche Wirkung auf mich, dass ich nicht einmal Appetit hatte auf Früchte oder Gemüsesorten, die um diese Jahreszeit gar nicht in unserer Region wuchsen. Erdbeeren im Winter hätte ich nicht mehr in den Mund stecken können. Die Freiheit, in Jahreszeiten zu denken, habe ich mir gegönnt und bis heute beibehalten. Nur wenige Menschen setzte ich davon in Kenntnis, nur dann, wenn ich fühlte, sie stecken fest. Gefesselt von der Zeit. Und diese wenigen habe ich mir genau angesehen und

mich gefragt, ob sie verstehen würden oder
mich als verrückt abstempeln.«

DIE UNZUFRIEDENHEIT

»Manchmal bin ich so unzufrieden, Oma, obwohl ich alles habe, was man sich wünschen kann.« – »So wie es hell und dunkel gibt, ist das Gegenteil der Unzufriedenheit die Dankbarkeit. Beide Gefühle umfassen unser Herz. Ich glaube, mit Gefühlsleere können wir nichts anfangen. Wenn mich die Unzufriedenheit am Wickel hatte, sprach ich mit mir etwa so: Hast du es warm, einen Schlafplatz, etwas zum Essen? Sind die Deinen gesund? Wenn ja, dann halt den Mund! Natürlich sprach ich unhörbar. Klara, wenn du mal darüber nachdenkst, was Gedanken bedeuten, dann stellst du fest, dass dieses Wort *danken* beinhaltet, das ist schon alles. Und im Vertrauen erzähle ich dir, wie man sie erwirbt, die Dankbarkeit. Übrigens, dass sie ein angeborener Charakterzug ist, der uns in die Wiege gelegt wurde, ist eine große Lüge. Sie will und sollte unter allen Umständen erworben werden.

Danke, Wasser, dass es dich gibt, du reinigst mein Blut.

Danke, Tisch, dass es dich gibt, musst mal ein wunderschöner Baum gewesen sein.

Danke, Huhn, dass du gelebt hast, dein Fleisch gibt meiner Familie Kraft und lässt ihre Muskeln stark werden.

Danke, Verstand, dass ich verstehen kann.

Danke, ihr Händchen, habt den Kindern so zart über den Kopf gestreichelt und den Pullover so schön gestrickt.

Klara, das Gefühl der Dankbarkeit und die Zugehörigkeit zur Schöpfung stellten sich rasch ein. Aber erst, *nachdem* ich es ausgesprochen hatte. Wenn ich nicht alleine war, sprach ich unhörbar. War ich allein, sprach ich laut. Die Dankbarkeit ist der beste Schutz für die Frauenseele. Und wenn dein Herz bis oben hin voll ist mit Dankbarkeit, dann ist es eben voll. Für Kummer kein Platz mehr. Schon besetzt, verstehst du? Dieses Gefühl hat schon immer in dir darauf gewartet, sich endlich ausdrücken zu dürfen, wie in jeder Frau. Unhörbar kannst du Danke sagen, den ganzen Tag, sooft du willst. Es lässt dich fast abheben. Wenn du es ausprobierst, wirst du es wissen und nie mehr darauf verzichten wollen. Klara, sag mir doch mal, für wen oder was du dankbar sein könntest. Komm, versuch es mal.« – »Na ja, die Kinder sind gesund.« – »Los, trau dich, hier hört dich doch niemand.« – »Danke, dass meine Kinder gesund sind. Danke, dass ich Freunde habe. Danke für das schöne Haus. Danke für meine schöne Stimme. Danke für meine langen, weiblichen Beine.« – »Jetzt geh rein Klara, sprich mit dir.« – »Danke, ihr wunderbaren Füßchen, habt mich bis hierher getragen. Danke, Herz, dass du Liebe fühlen kannst. Danke, ihr dicken Haare, ihr seht an mir aus wie ein gewaltiger Schleier. Danke, ihr Augen, dass ihr sehen könnt. Oma, ich spüre es, es sind die Worte, die das auslösen, das ist ja herrlich, ich könnte fast heulen.« – »Mach doch.« Klara nimmt Oma in den Arm und sagt: »Ich gehe ein bisschen spazieren und mache weiter, ich will es wissen, ich will abheben. Vor dir kann ich es nicht so richtig, aus tiefster Seele, verstehst du?« – »Natürlich, Schätzchen, aber nimm Schandor mit, wenn du in den Wald gehst. Und viel Spaß wünsche ich dir!« Klara geht mit dem Hund los, und Oma ist glücklich. Sie zündet den Ofen an. Es ist schon fast dunkel, als sie die Tiere in den Stall bringt. Klara kommt langsam Richtung Haustür und strahlt über das ganze Gesicht. »Na mein Schatz, jetzt siehst du aus, als könntest du nicht erwarten, nach Hause zu fahren.« – »Stimmt, Oma, ich bin glücklich, wie schon lange nicht mehr.« – »Weißt du, Klara, ich habe mich sogar bei meiner Waschmaschine bedankt. Verrückt, aber toll. Wenn du Sehnsucht hast, nach Hause zu fahren, ist das wohl das beste Zeichen, dass es dir wieder besser geht. Aber jetzt müssen wir uns noch das Abendessen zubereiten. Ich habe doch nur Öllampen hier. Den Ofen habe ich schon angesteckt. Die Frauen bereiten sich eine große Schüssel Salat, Spiegeleierbrote mit viel Kräutern und Lindenblütentee, und lassen es sich so richtig gut gehen.« – »Oma, hast du eine Flasche Wein da?« – »Nein.« – »Trinkst du keinen?« – »Nein, ich kann ihn nicht mehr leiden, ist kein guter Freund, weil er mich an der Nase herumgeführt hat. Und deinem letzten Brief nach zu urteilen, hat er das mit dir ebenfalls vor.«

DAS TRINKEN

»Wie meinst du das?« – »Als die Kinder noch klein waren, ging dein Opa an jedem Wochenende Fußball spielen. Danach wurde immer bis spät in die Nacht gefeiert, ob Sieg oder Niederlage, war völlig egal. Ich hatte Verständnis dafür und war aber trotzdem einsam. Einmal dann, es war wieder Wochenende, kaufte ich mir eine Flasche Rotwein. Nach dem ersten Glas war ich völlig gelöst und empfand Mitgefühl und Liebe für die ganze Welt. Aller Kummer war dahin. So verging Wochenende für Wochenende, und aus dem Gläschen wurde irgendwann eine Flasche, und dann zwei. Einmal fiel ein Fußballspiel aus, und verflixt, ich merkte, dass ich ärgerlich wurde, weil dein Opa nicht gehen wollte. Da wusste ich, der Wein hat mich am Wickel. Meine kleine Seele hatte tatsächlich geglaubt, die Gelassenheit und Liebe, die ich empfand, liege in diesem roten Gesöff. Das war ebenfalls eine Lüge, denn andere Menschen wurden vom gleichen Getränk ärgerlich und aggressiv. Ich hatte diese Weltliebe in mir. Das Wissen darum hat mir gereicht. Dass ich sie nicht ständig fühlen konnte, damit hatte ich mich abgefunden. Durch unsere Familie zieht sich seit Generationen, wie ein roter Faden, der Hang zum Abtauchen in Form von Maßlosigkeit im Alkoholgenuss. In der Familie deines Opas ebenfalls. Ich habe mich von diesem Faden ganz bewusst und mit voller Absicht abgetrennt. Es war für mich eine Art Opfer oder Bezahlung für die Fehler der Generationen, die vor mir gelebt haben. Aber das ist meine ganz persönliche Sichtweise, Klara, und die möchte ich dir auf keinen Fall über den Kopf stülpen. Ich wünsche mir nur, dass du auf der Hut bist.« – »Du willst doch wohl nicht sagen, dass Trinkerei erblich ist?« – »Ich möchte dir etwas anvertrauen. Als ich ein junges Mädchen war, gab es in unserer Familie eine Hochzeit. Alle waren sozusagen gezwungen, mit einem Schnaps anzustoßen. Mir wurde ein wenig schwindelig und leicht ums Herz, ein tolles Gefühl. Ich überlegte dann, ob zu Hause im Wohnzimmerschrank noch Liköre standen, zum Trinken. Da wusste ich, dass etwas nicht stimmte. Es war so, als hätte ich tief in mir ein Vakuum gehabt, das nun endlich gefüllt würde. Zu Hause angekommen, als alle im Bett waren, machte ich mich dann über die Flaschen her und trank alles durcheinander, bis ich total betrunken einfach auf den Fußboden knallte. Das hatte großen Ärger verursacht, aber ich konnte mit keinem Menschen darüber reden. Dieses Ereignis vergaß ich dann, und es fiel mir erst wieder ein, als das Fußballspiel deines Opas ausfiel. Für mich stand fest, dass dieser Hang zum Alkohol in mir war, eben vererbt. Andere mögen es ganz anders sehen, aber das Erlebte ließ für mich keinen anderen Schluss zu. Die Kinder waren schon auf der Welt, und ich wollte doch, dass sie frei sind von dieser Belastung. So fasste ich den Entschluss im Namen der *Freiheit*, zum Alkohol *Nein* zu sagen. Auch wenn man deshalb sicher oft komisch über mich dachte. Ich musste etwas für die Freiheit meiner Kinder tun, und das war mein Preis. Ich glaubte daran, dass ein Trinker das Problem für die Nachkommen genauso lösen kann, wie ein Dieb die nächste Generation vorm Stehlen bewahren kann, indem er die Finger von der Beute lässt. Aber wie gesagt,

Klara, das ist meine ganz persönliche Angelegenheit, und meine Sicht der Dinge. Wenn du diesen Hang auch verspüren solltest, dann vielleicht aus der Linie deines Opas. Mit ihm habe ich darüber nie reden können, geschweige denn ihn bitten können, den Faden abzutrennen.« – »Du meinst, solche Menschen sind gar nicht die schwarzen Scharfe der Familie, sondern die weißen?« – »Genau, das hast du schön gesagt. Aber wenn du meine Auffassung für absoluten Quatsch hältst, kann ich das gut verstehen.« – »Nein, Oma, das ist kein Quatsch, ich werde auch abschneiden.« Jetzt muss das alte Mütterchen bitterlich weinen. »Oh Klara, das würdest du tun? Mein Kind, welche Chance. Kannst du dir vorstellen, was es bedeuten würde, wenn sich eines Tages herausstellt, wir hatten Recht. Dann wissen wir, wir haben das Richtige getan. Ich danke dir dafür.«

DIE TRÄGHEIT

»Bist du auch so vollgegessen wie ich, Oma?« – »Na und wie, und so richtig faul.« – »Ich auch.« – »Wollen wir mit der Trägheit einen Kompromiss schließen, damit sie uns nicht völlig in der Hand hat?« – »Wie das denn?« – »Wir spülen die Hälfte vom Geschirr.« – »Ist doch nicht dein Ernst.« – »Doch Schätzchen, das ist Selbstdisziplin, der sanfte Tritt in den eigenen Hintern.« Die Frauen waschen tatsächlich nur die Hälfte, machen sich bettfertig und begeben sich kichernd zur Ruhe. »Nimmst du mich morgen früh mit zum Bahnhof, wenn du zum Markt fährst?« – »Na hast du gedacht, du musst nebenher laufen?« Wieder Gelächter. »Gute Nacht, Oma, ich hab dich lieb.« – »Ich dich auch, Klara, und träum was Schönes heute Nacht.«

DIE HOHE BERUFUNG DES ALT-SEINS

Am nächsten Morgen steht Oma schon früh auf, belädt den Karren für den Wochenmarkt und bereitet das Frühstück. Klara wird vom Klappern der Teller wach und steht auf. Sie hat so tief und fest geschlafen wie schon lange nicht mehr. »Schade, dass du schon wieder wegmusst.« – »Ja, aber ich werde diesen Besuch nie vergessen. Ich wusste gar nicht, wie ähnlich wir uns sind, im Denken und Fühlen.« – »Ich weiß.« – »Es wäre schön, wenn du bei uns wohnen würdest, das ist mein Ernst. Kann ich dich nicht irgendwie überreden? Platz haben wir doch genug. Und du wärst auch in Sicherheit.« – »Ich bin hier sicher, Schandor läuft auch ohne mich ins Dorf, wenn ich ihn schicke. Außerdem würde man nach mir sehen, wenn ich die Post nicht holen würde.« – »Darf ich dich was ganz Persönliches fragen, Oma?« – »Sicher darfst du das.« – »Hattest du nie Angst, alt zu werden, graues Haar zu bekommen und …?« – »Zu sterben meinst du? Sprich es doch ruhig aus, das ist doch nicht schlimm. Entschuldige, wenn ich lachen muss, aber ich habe mich auf diese Reife gefreut. Das Altsein ist eine hohe Berufung. Ich wusste doch um die natürliche Veränderung des Körpers und wollte das nie verhindern. Beim Gedanken an die Forschungsvorhaben um die Für-immer-jung-Pille hatte ich nur einen Wunsch, nämlich, dass sie nie erfunden wird. Das hätte nur Sinn, wenn Wohnraum auf anderen Planeten gefunden würde. Die Erde drohte doch auseinanderzubrechen. Instinktiv wusste ich, dass im Alter aus dem Habenwollen ein Seinwollen wird. Dass die Unbekümmertheit der Jugend und der Kampf mit zu zahlenden Rechnungen einmal vorbei sein würden. Außerdem malte ich mir die zu erfüllenden Aufgaben aus, wenn ich keine anderen Menschen mehr zu versorgen hätte. Das Verhältnis von Jung und Alt stimmte ja schon lange nicht mehr. Die älteren Menschen strömten oftmals ihre Das-Leben-hat-keinen-Sinn-Laune auf die junge Generation aus. Sie trauen ihnen nichts zu, halten sie nur für dumm, faul und kraftlos. Und genau hier, an dieser Stelle, fängt die harte Arbeit der Alten an. Die Jungen brauchen die Vorstellungskraft der Alten mehr denn je. Wie stark unsere jungen Männer, wie sanftmütig die jungen Frauen und wie liebevoll die Mütter zu den Kleinen sind. Wie sie sich gegenseitig helfen. Auch ohne Geld. Wie sie Lösungen finden für die Schwierigkeiten unserer Erde. Und gerade Omas sind in der Lage, sehr viel Aufräumarbeiten zu leisten. In ihrem Hause, ihrer Straße, ihrer Stadt. Vor allem, wenn sie sich zusammenschließen, geschieht Gewaltiges. Und die Opas nehmen die Söhne und Enkelsöhne in ihre Obhut und denken etwa so: Jawohl, hoch mit euch, wir sind so stolz auf euch. Ihr seid so stark und hoffnungsvoll. Wir fühlen uns wohl bei euch. – Ach, übrigens, Angst vor dem Sterben hatte ich nie, ich wollte immer wissen, wie das ist. Wie sich das anfühlt. Ob man es bedauert, gehen zu müssen, oder ob man es begrüßt, wenn es so weit ist. Ob es kitzelt oder wehtut. All das will ich wissen. Außerdem ist der Tod mein Freund, denn jedes Mal, wenn ich an ihn denke, wird mir klar, dass ich noch hier bin, dass ich lebe und noch etwas bewirken kann. Aber bevor es so weit ist, habe ich mich um das zu kümmern, was vor mir liegt. Hier und jetzt, an diesem Platze. Wenn ich tot bin, werde ich wissen, wie es weitergeht oder ob alles nur ein Traum war. Außerdem bin ich vorbereitet. Mein Testament habe ich geschrieben, als ich dreißig Jahre alt war, damit ich jederzeit gehen kann. Ein Testament, das nichts mit Geld zu tun hat.« – »Wie kamst du zu solch einer Einstellung? Du warst doch noch viel zu jung, um etwas davon zu verstehen.« Oma schweigt einen Moment. »Wenn du mich fragst, Klara, will ich es dir sagen. Es ist ein Wissen, das hinter vorgehaltener Hand weitergegeben wird. Ich setze sozusagen ein Samenkorn in fruchtbaren Boden.« – »Was ist ein fruchtbarer Boden?« Lächelnd und sanft und ein wenig leise sagt sie: »Ein fragendes Herz.« – »Bitte sag es mir, Oma.« – »Es war einmal ein altes Mütterchen mit braun gebrannter, faltiger Haut und schneeweißem Haar. Es saß auf einer Bank in der Frühlingssonne und schloss die Augen. Eine Uhr brauchte es schon lange nicht mehr. Und weil das so war, verkörperte es den Ruhepol für die ganze Familie. Zwei Freundinnen, mit ebenfalls watteweißem Haar, gesellten sich zu ihm. Oh, viele Ereignisse und Entscheidungen, richtige und falsche, hatten ihre Charaktere geschliffen und geläutert. Eine Eigenart hatten sich die drei Damen bewahrt. Sie mussten sich gegenseitig erzählen, was sie dachten und fühlten. Das war immer so. Ein stiller Zuhörer konnte Folgendes vernehmen: ›Was ist mir dir, meine Gute, du siehst so traurig aus, ist etwas passiert?‹ – ›Ach, ich bin heute zu einer erschreckenden und dennoch heilsamen Erkenntnis gekommen.‹ – ›So? Erzähl es uns!‹ – ›Meine lieben Freundinnen, wenn unsere Körper langsamer werden und die Arbeit weniger, haben wir dann nicht viel mehr Zeit zum Denken, Fühlen und Grübeln? Sind wir nicht allesamt anfällig für das Denken und Fühlen der anderen Menschen? Spüren wir nicht ganz gewisse Stimmungen? Wohlwollen, Ironie, Trauer und so weiter? Wie lange konnten wir früher standhalten gegen Nervosität, Aggressivität, Hoffnungslosigkeit und Hass? Wie lange konnten wir gelassen bleiben, wenn unsere Männer schimpften, unsere Kinder zankten? Wir kennen die Antwort, meine Lieben. Nicht sehr lange, stimmt's? Im Nu waren wir angesteckt. Warum war das so? Waren wir so etwas wie kleine Stimmungsempfänger? Und vielleicht auch Sender? Wenn das so ist, was geschieht hier mit uns? Was ist nicht schon Furchtbares geschehen, weil viele das Gleiche dachten, glaubten und fühlten? Wir Alten sind viele, unsere Jungen sind wenige. Was passiert da, wenn wir ihnen vermitteln, das Leben habe keinen Sinn, man solle bloß nicht alt werden, das Leben sei ein Kampf, alles nimmt ein schlimmes Ende, früher war alles besser …? Was ist, wenn sie uns glauben, ich darf gar nicht zu Ende denken. Ich sage euch, die Jungen brauchen uns. Wir müssen sie in unsere Obhut nehmen, sie brauchen unsere Hilfe, seht ihr das denn nicht?‹ – ›Hört, hört, und wie, bitteschön, soll das gehen?‹, wird empört gefragt. ›Ich habe eine Nachbarin, eine junge Frau mit vier kleinen Kindern. Sie spricht kaum mit ihnen. Wenn ihr etwas über die Lippen kommt, so ist es nur Kritik und Gemecker über schmutzige Gummistiefel, kaputte Fahrradreifen und so weiter, und ihr Lieblingssatz lautet: Lasst mich bloß in Ruhe. Heimlich verurteilte ich diese Frau und dachte daran, wie schrecklich sie ist. Nicht einmal stellte ich mir die Frage: Bekommt sie genug Schlaf, ist ihr Mann böse zu ihr, hat sie zu wenig Geld, oder ist sie der Lebenslüge ins Netz gegangen, die da heißt: Du darfst keine Fehler machen? Nein, hochmütig habe ich sie abgeurteilt und überhaupt nichts Liebenswertes mehr von ihr erwartet. Fast täglich waren meine Ohren schon gespitzt: Was hat sie wohl heute wieder zu nörgeln? Aber jetzt ist Schluss damit. Ich will die Dinge verändern. Ich will anders denken. Ich will denken, wie ich mir die Welt und Umstände vorstelle. Ich will nie wieder denken, wie schrecklich diese Frau ist. Das nehme ich nicht mehr hin. Versteht ihr mich denn nicht? In Zukunft stelle ich mir jedes Mal, wenn ich sie sehe, vor, wie sie am Zaun steht, den Kindern zuwinkt, wenn sie von der Schule kommen, und ruft: Schön, dass ihr da seid, ich habe schon auf euch gewartet. Wie sie sie zärtlich in die Arme nimmt und sagt: Seid nicht traurig, wir flicken den Fahrradreifen nachher. Versteht ihr, ich traue es ihr einfach zu, so liebenswert zu sein. Haltet mich ruhig für verrückt, aber ich kämpfe noch ein einziges Mal.‹ – ›Ach sieh an, die Kraft hast du wohl noch in deinem Alter, oder was?‹ ›Die habt ihr auch. Habt ihr denn vergessen, wer ihr seid. Ich höre immer Alter, Alter, Alter. Unser Körper, soll er doch machen, was er will. Aber unser Herz ist immer noch das einer Löwin, genau wie damals, wir haben es nur vergessen. Verdammt noch mal, wir sind Mütter. Meine Gute, dein Sohn ist ein Spieler. Wie viele schlaflose Nächte hat dich das schon gekostet? Von Geld ganz zu schweigen, wenn die Miete fällig war oder neue Hosen für die Enkel. Stell dir vor, wie er mit dem Geldbeutel in der Hand am Spielsalon vorbeigeht, in die nächste Bäckerei, um Brötchen zu kaufen für seine Familie. Wie er Überweisungen ausstellt für die Miete. Wie er mit Kind und Kegel einkaufen geht. Wenn du deinen täglichen Spaziergang machst, tritt doch ein bisschen stärker auf den Boden und rufe in Gedanken: Steh auf, Sohn, steh auf, es ist deiner unwürdig. Denke es für ihn, meine Gute, für deinen Sohn, mit der ganzen Kraft der Mutterliebe, der Löwin.‹ – ›Willst du etwa noch die Welt verbessern?‹ – ›Nein, bestimmt nicht, aber noch ein einziges Samenkorn legen.‹« Klara sitzt da, mit aufgerissenen Augen. »Oma, das war kein Märchen, stimmt's? Das hat sich wirklich zugetragen, diese Frau gab es tatsächlich. Aber das würde ja bedeuten, wir sind gar nicht alleine, die Alten tragen uns sozusagen auf den Schultern. Aber warum sagst du, dieses Wissen wird hinter vorgehaltener Hand weitergegeben?« – »Weil der Samen zu kostbar ist, um in die Winde gestreut zu werden. Man würde uns auslachen, wenn wir erzählten, heute hätten wir einen harten Tag gehabt. Aber man könnte nur erkennen, dass wir still gesessen haben, mit geschlossenen Augen. Guck mal, dement, würde man wohl dazu sagen.« – »Oma, woher weiß ich …?« – »Wer dieses Wissen in sich trägt, meinst du?« – »Ja.« – »Wenn dir das nächste Mal ein alter Mensch begegnet, Klara, achte nicht auf seine faltigen Hände und den Gehstock. Schau ihm tief in die Augen, und du wirst es wissen.«

DAS TESTAMENT

»Sag mal, du hast dein Testament so jung geschrieben, darf ich es mal sehen?« – »Ja, ich
habe es hier irgendwo liegen. Es lag auch damals offen herum, damit die Kinder es jederzeit lesen konnten. Hier ist es.« Klara liest laut
vor:

»Mein geliebtes Kind!

Die Zeit mit dir war lehrreich, anstrengend,
erholsam, herausfordernd, schrecklich und
schön. Ob ich Geldbeträge hinterlassen kann,
weiß ich jetzt noch nicht. Wenn du aber ein
Gefühl als Erbteil akzeptieren kannst, möchte
ich es dir jetzt geben. Liebe ist es, mein Kind,
bedingungslos und grenzenlos. Wohin ich
gehe, wenn mein Herz nicht mehr schlägt,
weiß ich nicht. Sollte es der Himmel sein, leihe
ich mir vom ersten Engel, der mir begegnet,
eine Flüstertüte, um dir zuzurufen: Ich liebe
dich. Wenn ich in die Hölle komme, trete ich
dem ersten Dämon, der mich aufhalten will, in

den Hintern. Um ein Loch aus der Hölle pulen zu können, aus dem ich dann rufe: Ich liebe dich. Solltest du dich einmal nach mir sehnen, deine Ohren öffnen und nichts hören, dann nur deshalb, weil die Flüstertüte verstopft ist oder jemand auf dem Loch steht. Weißt du, was ich sagen will? Tag und Nacht rufe ich dir zu, wie lieb ich dich habe, solange du lebst. Ob du arm bist oder reich, gut oder böse, Star oder Bettler, ob du mich liebst oder hasst, ist mir völlig egal. Ratschläge kann ich dir keine vererben, weil sich das Leben, die Wünsche, Ideale und Moralvorstellungen ständig ändern. Von wer weiß wie vielen Samenzellen deines Vaters bist du in mein Ei geschlüpft, zu einem Menschlein herangewachsen, und nach deiner Geburt durfte ich zum ersten Mal in deine Augen sehen. Das Wunder der Schöpfung hatte sich durch dich offenbart. Du hast sprechen und laufen gelernt, bist zur Schule gegangen und hast dich prächtig entwickelt. Der Geist des Lebens wohnt in dir und trägt Sorge dafür, dass dein Herz schlägt und deine Lunge atmet. Er liebt dich über alles und ist dein allerbester Freund. Verzeih, das sollte kein Ratschlag sein. So, mein Kind, ich habe alles aufgeschrieben, was du unbedingt wissen solltest. Wenn es denn so ist, dass wir schon im nächsten Augenblick nicht mehr beieinander sind, musst du wissen: Du bist geliebt, so wie du bist. Sei von mir umarmt in Liebe, die die Ewigkeit überdauert. Und jetzt sei entlassen in die Freiheit des Lebens. MAMA.‹ – Oma, das ist ein wunderschönes Testament.« – »Wir müssen uns nun aber langsam auf den Weg machen, Klara. Ich räume den Tisch ab und lasse die Tiere raus. Wenn du noch deine Tasche auf den Karren legst?« – »Sicher.« Die Frauen spannen den Esel an und fahren los. »Wir haben noch genug Zeit, bis dein Zug fährt.« – »Das ist gut, dann kann ich dich noch mit Fragen löchern.« – »Frag.«

DER ZORN

»Was machst du, wenn dich der Zorn gepackt hat?« – »Er ist mein Freund, Klara, der Wächter meiner Seele. Er will nur erkannt sein. Sein richtiger Name ist nicht Zorn, sondern *Hiken*, das ist die Abkürzung für ›Hilfe, ich kann es nicht!‹ – Er macht mich nur aufmerksam auf das, was ich nicht kann oder wo ich machtlos bin. Wenn ich mir eingestehe, was ich nicht kann und was ich nicht weiß, geht er gleich wieder. Dann muss ich nicht wütend werden. Er ist mein Kumpel, und ich mag ihn.« – »Was, das ist alles?« – »Ja.«

DIE KINDERERZIEHUNG

»Oma, kannst du mir ein bisschen was über Kindererziehung erzählen? Du weißt doch so viel darüber.« – »Es schmeichelt mir, wenn du glaubst, ich wüsste viel darüber, aber das stimmt gar nicht. Eigentlich weiß ich gar nichts. Es gibt kein Rezept für den richtigen Umgang mit Kindern. Ich erinnere mich. Noch vor der Geburt des ersten Kindes hatte ich einige Erziehungsbücher gelesen. Zu jedem Satz dieser klugen Werke habe ich Ja gesagt, bis die Kinder auf der Welt waren. Dann nämlich kam ich zu dem Schluss, dass diese Ratschläge entweder von kinderlosen Autoren aufgeschrieben wurden oder dass sie zumindest eine Haushälterin hatten, die sie auch noch bezahlen konnten. Ich stellte mir die Frage, ob diese Schreiber immer lieb zu den eigenen Kindern waren. Ich konnte sie förmlich hören: ›Verzieht euch endlich, seht ihr nicht, dass ich an einem wichtigen Erziehungsbuch schreibe?‹ Als meine

Sprösslinge noch klein waren, hatte ich nur zwei Ziele. Sie erstens satt und zweitens müde zu bekommen. Bei Wind und Wetter waren wir draußen, und gekocht wurde am Abend, wenn dein Opa nach Hause kam. Gäste-WC und Wohnzimmer waren sauber und aufgeräumt, die anderen Räume sahen aus, als hätte eine Bombe eingeschlagen. Kinder zu erziehen kam mir damals so vor, als hätte ich ein Imperium zu leiten, eine Aufgabe, für die ich keine Ausbildung hatte, aber bei Fehlern die volle Verantwortung tragen musste. Wenn ich glaubte, etwas nicht richtig zu machen, kamen Urteile in meinen Kopf: SCHULDIG –

weil zu sanft – zu streng,

zu laut – zu leise,

zu egoistisch – zu selbstlos,

zu realistisch – zu verträumt,

zu hart – zu weich.

Das Gewissen entpuppte sich nicht als gute Freundin, weil es immer erst in Erscheinung trat, nachdem ein Fehler schon passiert war. Eine Freundin warnt doch vorher, oder nicht? Irgendwann kam ich zu dem Entschluss, dass ich einen anderen Menschen nur erziehen könnte, wenn ich die Gabe des Gedankenlesens besäße. Wenn nicht, würde es wohl dabei bleiben müssen, dieses Menschlein zu begleiten. Ich habe meinen Kindern die groben Umgangsformen beigebracht, wie das Grüßen, dass im Restaurant nicht gerülpst wird und dass sie nicht mit fremden Menschen gehen dürfen. Ich war nur für sie da, das war leider alles. Ich habe sie gelassen, wie sie waren, und Fragen nur beantwortet, wenn sie wirklich etwas wissen wollten. Ganz kurz und bündig. Weißt du, was einige Generationen mit ihrer Erziehung gemacht haben? Sie sind zu Therapeuten gegangen, um sich anerzogene Verhaltensmuster wieder abzugewöhnen. Diese Erziehungen waren wohl für die Katz. Jemand hat einmal gesagt: Jeder Mensch wird als Original geboren, aber die meisten sterben als Kopie. Dieser Jemand muss über Erziehung nachgedacht haben, sonst hätte er das nicht sagen können. Ich war einige Jahre zu Hause, andere Mütter sind arbeiten gegangen und haben die Kinder in die Obhut anderer Menschen gegeben. Jetzt überleg dir mal die beiden Resultate. Von meiner Sorte Mutter konnte man sagen: Sie war gewiss zu faul zum Arbeiten, hat auf Hausfrau gemacht, die hätte mitverdienen können, dann stünde hier heute ein Haus mit Garten und eigenem Swimmingpool. Von der anderen Sorte Mutter konnte man sagen: Blödes Haus, hätte sie nur mehr Zeit für die Kinder gehabt, eine Mietwohnung hätte auch gereicht, sie war nur auf Geld aus. Du siehst, Klara, wie man es auch macht, es könnte immer falsch sein. Ich glaube, man kann das ganze Geheimnis der Kindererziehung in einen einzigen Satz packen: Glückliche Mutter, glückliche Kinder. Klara, du musst dich schon auf die Achterbahn der sogenannten Kindererziehung begeben, und am Ende der Fahrt erwartet dich der Club der alles falsch machenden Mütter. Und glaub mir, Schätzchen, wir sind Tausende und Abertausende.«

ÄRGER MIT DEN JUGENDLICHEN

»Ach Oma, mit unserer Tochter ist es nun fast nicht mehr auszuhalten. Sie blamiert uns mit ihrem Verhalten dermaßen, dass wir sie nirgendwo mehr mitnehmen möchten oder können. Man kann doch nicht alles auf die Pubertät schieben. Meine Liebe zu ihr nimmt ständig ab, und ich erwische mich des Öfteren bei dem Gedanken, wie schön es wäre, wenn sie nicht bei uns wohnen würde.« – »Das ist nervig für alle, das weiß ich. So ein pubertierender Teenager schmeißt den ganzen Hausfrieden durcheinander. Aber du kannst dir sicher sein, dass die Liebe zu deinem Kind unverändert noch besteht. Es hat sich nur eine dunkle Wolke davorgeschoben. Diese Liebe bleibt immer. Das kannst du jetzt noch nicht wissen. Dass du dich darauf freust, wenn sie endlich ausgezogen ist, ist völlig normal. Ich kenne diese Gefühle auch und schämte mich damals genauso dafür wie du jetzt. Das Leben mit deiner Tochter gleicht einem unsichtbaren Boxring. Deine Gegnerin trifft ständig unter die Gürtellinie. Zum Beispiel, wenn sie sagt: ›Ich habe nicht darum gebeten, auf diese Welt zu kommen‹, oder: ›Du hast mich falsch erzogen, wegen dir komme ich jetzt nicht klar.‹ An diesem Boxring steht kein Schiedsrichter, und Handtuchwerfen gilt nicht. Wenn du dann k. o. am Boden liegst, tobt das Publikum und schreit: ›Diese Frau hat auf ganzer Linie versagt!‹ Weißt du, wer das Publikum ist? Menschen, die immer einen Schuldigen suchen, wie etwa das Elternhaus. Haben sie dann jemanden gefunden, so gibt es Gesprächsstoff, Anlass zum Kaffeetrinken, und das Problem ist aus der Welt. Klara, vertrau mir bitte, wenn ich dir jetzt sage, dass du eines Tages darüber lachen wirst. Du kannst stolz auf diese kleine Kriegerin sein. Mit wem sollte sie denn sonst kämpfen? In der Schule geht das nicht, da macht sie sich Feinde. Aber Mama, die ist morgen auch noch da. Mit der kann ich es machen. Klara, wenn sie sich unbewusst deiner Liebe nicht sicher wäre, würde sie sich so etwas nicht getrauen. Sorgen müsstest du dir wohl erst machen, wenn sie dich behandeln

würde wie ein rohes Ei. Stelle dir vor, wie sie
Folgendes aufschreibt:

›Hallo du da, ich muss mal mit jemandem reden. Ich liege auf meinem Bett, höre Musik,
denke schon den halben Tag nach und bin
schrecklich einsam. Eine richtige Freundin
habe ich nicht, mit der ich reden kann, darum
schreibe ich alles hier hin. Ich habe Angst davor, morgen in die Schule zu gehen. Im Laufe
der Zeit habe ich mich zur Außenseiterin entwickelt und finde nicht mehr zurück. Vor jeder
Pause bin ich unsicher. Eifersüchtig sehe ich
die Cliquen herumstehen und weiß, dass ich
nie den Mut hätte, mich einfach dazuzustellen,
aber ich würde es so schrecklich gerne. Wenn
sich jemand mit mir abgibt, drehe ich voll auf,
und dann schämt man sich für mich. Kann
ich gut verstehen. Wenn mich jemand anlä-
chelt, ziehe ich eine Fratze, aber das ist doch
nur meine Unsicherheit, die tut richtig weh.
Damit ich sie nicht ständig spüren muss, kaue
ich meine Haarspitzen oder Fingernägel. Wenn
mir jemand ein Bein stellt, rufe ich: Cool ey,
mehr davon, damit ich nicht heulen muss. Die
Hofpause ist lang und unerträglich. Deshalb

stelle ich mich in die Reihe, um ein Brötchen zu kaufen. Hunger habe ich gar nicht, aber so sehe ich wenigstens beschäftigt aus und nicht ziellos. Ständig habe ich damit zu tun, eine Show abzuziehen, frech zu sein und mich danebenzubenehmen. Das ist so, weil ich die Unsicherheit und das Stillsein nicht ertragen kann. Nein, das stimmt nicht ganz, ich bin gerne still, aber nicht so, dass es andere bemerken. Heimlich träume ich davon, etwas Besonderes zu sein, mir im kurzen Top auf einer Bühne tierisch einen abzutanzen, in Designerklamotten gehüllt, von meinem Lieblingsstar in einer Limousine an der Schule abgesetzt zu werden oder in jeder Klassenarbeit mal eben lässig ein paar Supernoten abzuliefern. Das sind Phantasiegebilde, die es mir ein bisschen erträglicher erscheinen lassen. Kannst du mich denn nicht trotzdem anlächeln? Es kommt der Tag, da lächle ich zurück. Kannst du denn nicht trotzdem sagen: Komm, stell dich zu uns? Es kommt der Tag, da ziehe ich keine Show mehr ab. Kannst du mich nicht trotzdem einhaken und mit mir über den Schulhof laufen? Es kommt der Tag, da ziehe ich meinen Arm nicht mehr zurück. Was soll ich denn nur tun? Ein bisschen kiffen, um mich gut zu fühlen? Fressen, bis ich kotze? Ein Schnäpschen vor der Schule, um die Angst zu ertragen, nicht zu wissen, ob ich am ersten Tag nach den Ferien neben jemandem sitze oder alleine bin? Nein, das brauche ich alles nicht. Das sind Ersatzbefriedigungen, die das Unerträgliche erträglich erscheinen lassen. Dich brauche ich Mensch, der das gerade liest. Kannst du dir vorstellen, wer diese Zeilen geschrieben haben könnte? Wenn du dich fragst, ob ich es war, die komische Ziege, und ich lasse mir nichts anmerken, dann wisse, ja, ja, ich war es, aber ich habe eine Maske auf. Ich muss sie noch eine Weile tragen, damit ich nicht so offen erscheine. Viele gibt es, die denken und fühlen wie ich. Alle tragen sie ihre Maskerade. Das kann nur jemand verstehen, der selbst eine trägt. Aber lass dich davon nicht täuschen, mein Gesicht sagt nicht das, was mein Herz meint. In großer Hoffnung, dass es eines Tages niemand mehr nötig hat, dieses Rennen nach Anerkennung, und die Maskerade endlich fällt, grüße ich dich.‹ – Klara, kannst du dich ein bisschen einfühlen und ein wenig Stolz entwickeln für dein kleines pubertierendes Monster? Ich weiß nicht, ob es richtig ist, was ich jetzt sage. Es ist nur so ein Gefühl. Ich glaube, es ist jetzt wichtig, absolut ehrlich zu sein und vielleicht sogar zu sagen, dass du noch Idealvorstellungen von Idealkindern in dir hast, dich noch für ihr Verhalten schämst und hilflos bist im Umgang mit ihr. Dass es schön wäre, sich eine Weile aus dem Wege zu gehen, und dass du sie trotzdem liebst, auch wenn du es nicht fühlen kannst. Vielleicht kannst du dein Mutterherz ein wenig aufpumpen und ihr heimlich Freude am Dasein mitschicken, Freude, in sich selbst daheim zu sein. Es ist wie mit einem kleinen Bäumchen, das bei jedem Sturm fühlen muss, wie es sich biegt. Aber es rebelliert, weil es sich nicht biegen will. Es ist noch zu klein, um zu wissen, dass die Krone abbrechen würde, wenn es störrisch standhält. Das wissen nur die großen Bäume. Und die dicken Kronen der Großen schützen das kleine Krönchen da unten und lassen es störrisch und rebellisch sein. Sie wissen ja, dass es eines Tages auch groß ist, und schmunzeln zuversichtlich in sich hinein. Wer weiß, Klara, mit ein bisschen Glück bist du vielleicht bald in der Lage, erhobenen Hauptes neben ihr herzugehen und zu denken: ›Jawohl, guckt nur alle kritisch, das ist *meine* Tochter, und ich bin stolz auf sie, weil sie ist, wie sie ist.‹ Möchtest du ein Brot essen, Klara, ich habe uns etwas zum Essen eingesteckt.« – »Nein, danke.«

DIE FINANZIELLE NOTLAGE

Eine Weile ist Klara ganz still. Oma schaut sie von der Seite liebevoll an. »Oma, da ist noch etwas. Es macht mir Angst und lässt mich vor Sorgen kaum noch schlafen. Mein Mann hat, wie viele andere auch, seine Arbeit verloren, und die Einnahmen decken nicht die Ausgaben. Manchmal glaube ich, ich bin …« – »Lass mich raten, mein Schatz. Zu dumm zum Rechnen, nicht geizig genug, zu wenig diszipliniert, selber schuld, weil du in guten Zeiten nichts auf die hohe Kante gelegt hast, und so weiter, und so weiter …?« – »Woher weißt du das, kennst du das etwa auch?« – »Oh ja, Klara, und zwar mit der ganzen Tragik, die ein Frauenherz fast zerschmettern kann. Von einer Stunde auf die andere hatte ich mit der Hälfte des Einkommens auszukommen. Es hatte mich doppelt erwischt. Erstens bekamen wir kein Kindergeld mehr, weil ich vorher versehentlich zu viel bekommen hatte. Es war nur ein Zahlendreher in den Anträgen, und das habe ich gar nicht bemerkt. Zweitens wurde dein Opa arbeitslos. Der Dispositionskredit wurde sofort heruntergesetzt. Dies ereignete sich alles an einem Tag. Ich fühlte mich, als hätte das Schicksal mich den Wölfen zum Fraße vorgeworfen. Dazu kam, dass dein Großvater in einem furchtbaren Zustand war. Nachdem sein Stolz monatelang vor der Kündigung vom Arbeitgeber mit Füßen getreten wurde, mit dem Sätzchen: ›Dann gehen Sie doch, wenn Ihnen etwas nicht passt.‹ Dementsprechend war er nervös, gereizt und aggressiv. Bei jeder Rechnung, die im Briefkasten war, schimpfte und tobte er. Also fing ich an, die Rechnungen zu verstecken. Auch ich wurde nervös, weil ich im Grunde meines Herzens wusste, dass das ein schlimmer Fehler war. Mein Herz war über lange Zeit gefangen in Hilflosigkeit und Angst. Ich gaukelte Mann und Kindern vor, dass schon alles irgendwie gehen, oder besser gesagt, dass ich es regeln würde. Überzeugt davon, dass im nächsten Monat die Rechnungen zu bezahlen seien, hatte ich meine Äuglein fest vor den Tatsachen verschlossen. Diese Selbstlüge ließ mich verzweifeln und machte aus mir fast ein psychisches Wrack, das zu keinem hoffnungsvollen Gedanken mehr in der Lage war. Viel zu lange hatte ich mich selbst an der Nase herumgeführt und mich innerlich gegen den Jetztzustand mit seinen Tatsachen und Fakten gewehrt. Das war so, als ob ein Raucher von der Freiheit träumt und in keiner Weise akzeptiert, dass er süchtig sein könnte: Tut zu sehr weh, klatscht dem Ideal eine ins Gesicht, verstehst du? Dann kam der Tag der Tage. Sämtliche Rechnungen breitete ich vor mir aus, nachdem ich mich im Schlafzimmer eingeschlossen hatte, und betrachtete den dazugehörigen Kontostand. Da musste ich heulen, heulen und nochmals heulen. Ein Wunder in Form einer Finanzspritze war nicht in Sicht. Außerdem kam der Gerichtsvollzieher jeden Dienstag, und ich sorgte stets dafür, dass dein Opa nichts davon mitbekam. Wie das geklappt hat, begreife ich bis heute nicht. Alle Rechnungen warf ich zurück in die Schublade, genoss schöne Vollbäder in Selbstmitleid, schimpfte mit Gott und beklagte mich über die Ungerechtigkeit, weil die böse Nachbarin so reich war und ich bescheidenes kleines Frauchen alles verloren hatte und keinen Ausweg sah. Dieser Zustand dauerte einige Wochen. Das Haus sollte versteigert werden, und das war mir inzwischen so ziemlich egal geworden. Aber ich war mir nicht egal. Mein Zustand war nicht in Ordnung. Als freiheitsliebende Erdenfrau musste ich mir eingestehen, dass mich finanzielle Not *so* klein machen kann, *so* verzweifeln lässt, mir die Lebenslust nimmt und mich auf den Boden drückt. *Nein, nein* und nochmals *nein*. Ich stand auf in meiner ganzen Armseligkeit und betrachtete wieder aus der Vogelperspektive, was da los war. So mutig, frech und bereit, jedem Umstand ins Auge zu sehen. Auch der Tatsache meiner Angst und Schwäche, die mich dazu trieb, das letzte Geld noch in einen Lottoschein zu investieren, um eine künstlich erzeugte Hoffnung für ein paar Tage am Leben zu halten. Ich kleines Würstchen hatte in dieser Zeit nur Augen für das, was nicht sein sollte. Ich hatte Platz gemacht für Trauer und Depression. In Gedanken schrie ich: ›Dieses Gehirn gehört mir, und ich entscheide, was an Gedanken reinrutschen darf und was nicht. Meine Augen sehen sich jetzt um und zeigen mir, was wirklich ist.‹ Ich schaute auf meine Zahnbürste und wusste, die gehört mir, die ist bezahlt. Und wie schön sie war, rosa mit weißen Borsten. Noch nie habe ich sie zuvor erkannt. Noch nie war mir bewusst, wie wertvoll und nützlich sie war, dass ich ohne sie ekelige gelbe Zähne hätte. Heimlich sagte ich zu ihr: Ich liebe dich. Dann die Waschlappen und Handtücher. Wie viele ich davon hatte, und wie bunt sie waren. Das ging so weiter, durch das ganze Haus. Bis ich vor dem Spiegel stand und erkannte, wie hübsch und ordentlich ich gekleidet war. Ich blinzelte mir zu und dachte: ›So, kleine Erdenfrau, den ganzen Mut zusammengefasst! Du sagst deiner Familie jetzt die Wahrheit, und dann konzentrierst du dich knallhart auf die Dinge, die du noch hast!‹ Und ich empfand Liebe zu den kleinen Gegenständen. Sobald sich wieder eine Sorge in mein Gehirn setzen wollte, rief ich wieder in Gedanken: ›Ich habe mir befohlen, nur auf das zu schauen, was ich habe. Das Morgen geht mich nichts an. Jetzt habe ich etwas zum Essen, ein Dach über dem Kopf, eine Familie und ein warmes Bett.‹ Zu allem, was ich sah, sagte ich: Ich liebe dich. Es kam mir vor, als blinzelten die Kaffeetassen mir zu und sagten: ›Na endlich, sie ist aufgewacht. Ich fühlte mich richtig reich und wohlhabend. Dieses Umdenken hat einige Tage gedauert, manchmal musste ich auch richtig kämpfen. Aber ich wollte es so und nicht anders. Zum Geburtstag bekam ich einen Zehner und wusste nicht, was ich damit machen sollte. Ich erkannte, dass ich Angst hatte, ihn auszugeben. Inzwischen muss ich ein Armutsbewusstsein entwickelt haben, das schon als krankhaft bezeichnet werden konnte, und es war Alarmstufe Rot. Also betrachtete ich diesen Geldschein, sagte ihm: Ich liebe dich, aber du musst zurück in den Wirtschaftskreislauf, und wechselte ihn ein. Für neun Münzen kaufte ich Lebensmittel, und eine Münze bekam der Zeitungsjunge, der bei Wind und Wetter mit dem Fahrrad unterwegs war. Es war genau ein Zehntel von dem, was ich geschenkt bekam, und das gab ich weiter, mit Liebe und Freude. Wie dem auch sei, die Dinge, die ich nicht mehr brauchte, kamen in Kisten für den Trödelmarkt. Nach etwa vier Wochen war das Haus prima aufgeräumt und übersichtlich. In dieser Zeit öffnete ich auch keine Post. Dann war es so weit. Jetzt waren Post und Rechnungen an der Reihe. Dabei stellte ich fest, dass es Forderungen gab, die nicht zu ändern waren, zum Beispiel Wasser, Strom, Darlehen für das Haus und Lebensmittelpreise. Inzwischen hatte ich mir einen Überblick verschafft über die Grundbedürfnisse. Genussmittel wie Tabak, Süßigkeiten und Kaffee wurden sofort vom Einkaufszettel gestrichen. Vier Jahre zuvor hatten wir ein Haus in Eigenleistung gebaut, und du kannst dir ja vorstellen, wie Küche, Schränke, Teppiche und Auto finanziert waren. Ratenkäufe und nochmals Ratenkäufe. Ich zog die Kosten für Grundbedürfnisse, Essen und Wohnen von den Einnahmen ab, ließ den Bausparvertrag ruhen und schaute mir das Ergebnis an. Es war ganz traurig. Trotzdem, der Gedanke, ich hätte in guten Zeiten etwas Geld weglegen sollen, wurde von mir nicht hingenommen, denn wenn ich gewusst hätte, was auf mich zukommt, hätte ich es getan oder dieses Haus nie gebaut. Den traurigen Rest teilte ich durch die Anzahl der Gläubiger, überwies jedem von ihnen zu gleichen Teilen etwas und schrieb allen drei Tage später. Ich teilte ihnen die Situation mit und wies sie darauf hin, dass ich nicht wisse, wann die Raten erhöht werden könnten. Auf alles war ich gefasst, sollten sie mir das Haus doch wegnehmen. Der Bank schrieb ich, dass die monatlichen Zahlungen wieder aufgenommen und die bisher versäumten Zahlungen später folgen würden. Sollten sie nicht einverstanden sein, so wäre ich mit der Versteigerung einverstanden. Wenn sich der Erlös des Hauses mit den Schulden nicht deckt und ein Dach über dem Kopf nötig wäre in Form einer Mietwohnung, bekämen sie den Rest der Schulden auf gar keinen Fall. Und, Klara, das Kochen hat sich sehr schnell verändert. Ich kochte, was am besten satt machte und am meisten Vitamine enthielt. Wer wollte mir wohl vorschreiben, dass ich jeden Tag Unmengen verschiedener Obstsorten zu essen hatte, um den Bedarf zu decken? Ich glaubte nicht daran. Wo stand geschrieben, dass die Kartoffel nicht tägliche Anwendung finden darf? Außerdem war ich jetzt so stark und furchtlos, dass ich beim Genörgel, weil es dieses oder jenes Essen nicht gebe, meine Ohren einfach auf Durchzug stellte. Mein Sparschwein wurde zum Schuldenschwein umfunktioniert, und der Trödelmarkt machte mir so große Freude, dass ich kreativ wurde. Es entstanden richtige kleine Kunstwerke, und der Preis reichte für den Taschengeldbeutel, für mehr nicht. Beim ersten Mal wählte ich eine Stadt aus, die weit weg war. Ich hatte so viel Angst davor, dass mir vor der Abfahrt ganz übel war. Aber ich tat es. Die Einnahmen kamen in mein Schuldenschwein, und am Monatsende teilte ich den Erlös wieder durch die Anzahl der Gläubiger und überwies jedem seinen Anteil. Ich hatte Riesenspaß an diesen Aktionen, und es war eine meiner schönsten Herausforderungen. Außerdem trainierte ich meinen Körper. So könnte ich jederzeit mit dem Fahrrad zur Arbeit fahren, für den Fall, dass ich eine Stelle bekäme. Bald war ich so fit, dass sehr weite Strecken kein Problem darstellten. Alle Anträge auf Förderung und Beihilfen füllte ich aus, ohne etwas zu erwarten. Wenn gefragt wurde, was ich mir zum Geburtstag wünsche, antwortete ich: Wenn du mir die Telefonrechnung bezahlen möchtest, habe ich mehr Freude als an einem Geschenk. Und so geschah es tatsächlich, ich schämte mich nicht dafür. Der Gerichtsvollzieher bekam genau den gleichen Anteil wie die anderen Gläubiger. Er konnte mir keine Angst mehr machen. Das Verhältnis zum Geld hatte sich ebenfalls verändert. Ich liebte und wertschätzte es, gab es voller Liebe in den Wirtschaftskreislauf, an die Gläubiger oder die Lebensmittelmärkte. Stolz und furchtlos wurde ich in dieser Zeit, von Tag zu Tag stärker, weil ich alles getan habe, was mir möglich war. Ich hatte mir damals einen Ordner zugelegt, auf dem ein dickes rotes Herz gemalt war. Darauf stand geschrieben: Das haben wir schon geschafft. – Klara, fühlte ich mich einstmals auch wie eine kleine, unbedeutende Schuldnermaus, und vor ihrem Loch stand die dicke, fette Gläubigerkatze, so habe ich mich dennoch zur tapfersten Schuldnermaus entwickelt, die diese Erde je gesehen hat.« – »Mensch Oma.« Klara legt den Kopf an Omas Schulter. »Ich habe dich so lieb, glaubst du, ich schaffe es auch, irgendwie?« – »Das glaube ich nicht, sondern das weiß ich.« – »Oh, wir sind gleich da! Sag schnell, Oma, hattest du Opa immer gleich lieb, so wie am Anfang eurer Beziehung?« – »Kannst du dich an die Geburt deines ersten Kindes erinnern, Klara, an diese Liebe, Aufopferung, Begeisterung und Hingabe?« – »Ja, natürlich kann ich das.« – »Ist das bis heute so geblieben, oder ist aus dieser absoluten Liebe so eine Art Vertrautheit gewor-

den?« – »Ja, das stimmt, eine Vertrautheit.« – »Und warum sollte das zwischen Mann
und Frau etwas anderes sein? Die so genannten
Schmetterlinge im Bauch sollten tatsächlich
für immer bleiben, bis ans Lebensende? Ich
lach mich kaputt. Bei mir war das nicht
so.« – »Mein Zug steht schon da. Oma ich
schreibe dir, ganz sicher.« – »Und ich werde dir
antworten, und grüß mir alle herzlich, Klara.«
Oma nimmt ihre Enkelin noch einmal fest in
die Arme und flüstert ihr ins Ohr: »Klara, ver-
giss nie, dass es dich wirklich gibt, dass du etwas bewirken kannst, eine wunderbare Erdenfrau bist, die Liebe in Person, und dass ich stolz
bin, deine Oma zu sein.« Klara klettert vom
Karren und steigt in den Zug. Oma fährt Richtung Markt. Die Frauen werfen sich noch ein
Handküsschen zu und sind einfach nur glücklich.

KAROLA MORNING

In diesem Buch gibt es keine Jahreszahlen oder Ortsnamen. Denn es greift Themen auf für jedes Alter und jeden Ort.

Die großen Buchstaben wurden absichtlich so gewählt. Nicht um etwa eine hohe Seitenzahl zu erreichen, sondern damit der Text ohne Brille lesbar ist. Die Autorin ist selbst Lesebrillenträgerin und kann sich gut einfühlen, wenn eine alte Dame dieses Büchlein in Händen hält.

Ein ganz besonderes Dankeschön gilt meiner Familie, Egbert Ramin, dem Tauschring Singen und meinen Arbeitskolleginnen, die mir gewünscht haben, dass mein Traum vom ersten Buch in Erfüllung geht. Außerdem geht ein *großes Danke* in eine Welt, die wir nicht sehen können. Und das ist meine Oma, die gestorben ist, als ich sechs Jahre alt war. Von ihr habe ich das Schreiben geerbt. In Würde und

Liebe möchte ich diese Gabe weitertragen. Bei meinen Mitmenschen möchte ich mich ebenfalls bedanken. Sie waren lieb und böse. Ohne sie hätte ich mich nicht entwickelt.